梁梁，本名梁亮珠，1955 年出生。1979 年毕业于内蒙古大学中文系，曾任某刊物主编。主办过民间诗社。1980 年开始发表作品，有诗歌、散文、小说、报告文学等。作品收入《一九八六年诗选》《青年诗选》《三年诗选》《中国新诗白皮书》《中国人民解放军文艺大系》等选本。出版诗集、散文、报告文学、纪实作品十多部。

中国行吟诗人文库 第二辑　李 立　主编

越过草尖

梁粱 著

黄河出版传媒集团
阳光出版社

图书在版编目（CIP）数据

越过草尖 / 梁梁著. -- 银川：阳光出版社，2025.
1. -- (中国行吟诗人文库 / 李立主编). -- ISBN 978
-7-5525-7538-5

Ⅰ. I227

中国国家版本馆CIP数据核字第2024CH5529号

中国行吟诗人文库　第二辑　　　　李　立　主编

越过草尖
YUEGUO CAOJIAN　　　　　　　　　梁　梁　著

责任编辑　林　薇
封面设计　鸿儒文轩·末末美书
责任印制　岳建宁

黄河出版传媒集团
阳　光　出　版　社　出版发行

出 版 人　薛文斌
地　　址　宁夏银川市北京东路139号出版大厦（750001）
网　　址　http://www.ygchbs.com
网上书店　http://shop129132959.taobao.com
电子信箱　yangguangchubanshe@163.com
邮购电话　0951-5047283
经　　销　全国新华书店
印刷装订　三河市华东印刷有限公司
印刷委托书号　（宁）0031244

开　　本　787 mm×1092 mm　1/32
印　　张　7.5
字　　数　120千字
版　　次　2025年1月第1版
印　　次　2025年1月第1次印刷
书　　号　ISBN 978-7-5525-7538-5
定　　价　58.00元

总序

行吟者，灵魂像风一样自由

李立

空气看不见摸不着，上天入地，间隙不留，无处不在，随时生风。大千世界，朗朗乾坤，诗意无所不至，如风般潜隐、默化、繁衍、缤纷、飘逸、激扬。边行边吟，行吟诗歌如雨后春笋，蓬勃兴起。当代行吟诗歌已呈方兴未艾、风生水起之势。

尺寸方圆，风起云涌，绵绵无穷。思想可抵达之地，便是诗情的肥沃土壤，行吟诗歌的种子就能生根、萌芽、开花、结果。

行吟诗歌，自古有之，古今中外许多伟大的诗人，留下不胜枚举的不朽之作。

"飞流直下三千尺，疑是银河落九天。"诗仙李白临风对月，纵横山水，笑傲江湖，托举金樽，嬉笑怒骂，出口成章，行吟天下。

"朱门酒肉臭，路有冻死骨。"诗圣杜甫悲天悯人，路见凄怆，有感而发，笔触凝重，抨击时政，揭露黑暗。

"众里寻他千百度。蓦然回首，那人却在，灯火阑珊处。"一生以恢复中原为志的南宋名将辛弃疾仿佛在描绘爱情，又好像在抒发心中的压抑。他行吟于塞上边关，出入于金戈铁马，奔波于长城内外，倾诉壮志难酬的悲愤。

行吟诗歌可分抒情诗、叙事诗、咏物诗、爱情诗等。但行吟诗歌没有泾渭分明的派别之争，没有壁垒矗立的门第之别，四海之内的诵吟唱颂皆为行吟诗歌。行吟诗歌讲究清新脱俗、自然天成，拒绝闭门造车、忸怩作态、故步自封。马嘶狼嚎、鸟唱虫鸣、飞瀑激流等大自然发出的天籁之音，行吟诗人都乐意洗耳恭听，并欣然与之唱和。

风喜于拈花惹草，擅于推波助澜，忠于神采飞扬，形于来无影去无踪。从不作茧自缚，从不循规蹈矩，从不因循守旧，从不裹足不前。它弹拨漫山红叶，它吹奏江湖涟漪，它令蝴蝶蹁跹起舞，它让雪花深情款款，它能使春光风情万种，它亦能使黄沙骚动不安，在风面前，万物皆难以克制和矜持，不会无动于衷。

行吟诗歌歌颂大自然，表达真善美，挞伐假恶丑，颂扬清风正气，赞美清平世界。行吟诗歌不是游山玩水的遣兴，不是游手好闲的造作，不是江山如画的拼图，不是沽名钓誉的无病呻吟。

行吟诗歌能走进峻岭悬崖的皱褶内核，能与江河湖海促膝谈心，能与大漠戈壁共枕日月，能与孤花独草形成心灵共振，能以一颗怜悯之心去撞击世俗的铜墙铁壁，能赋予落寞古刹崭新的生命力。行吟诗歌最先抵达的目的地，是行吟者的内心深处。

脚步触摸不了的远方，只要思想和诗意锲而不舍，行吟诗歌就永远没有终点站。

想走就走，沐风浴日，披星戴月，挥毫落纸。山川河流，都市街巷，名胜古刹，危峰峭壁，荒郊野外，田间地头，只要你悉心观察，用心灵的颤音去追寻缪斯，那么，你就会诀别于寂寥和空虚，收获大自然慷慨的馈赠。行吟诗歌如风一样无处不在，但更加持重、洒脱、灵动、端庄、丰满、秀丽、辽阔，更讲究内涵、韵律、节奏和风情，看得透理得清，来无影去有踪。

大自然是行吟诗歌的温床。行而吟之，诗如其人。

大鹏借助风升空，诗人驾驭意境升华。

行吟者，目光如炬，声似洪钟，思如泉涌，行走在蓝色星球上，灵魂像风一样自由。笔随心动，诗意生风。诗情蓬勃，无所不及。

2023 年 11 月 1 日于新疆塔城

目 录
contents

第一辑　深处

1

第二辑　名册

第三辑 镜中

第四辑　平居

第一辑

深处

我曾是草原的某一阵微风

微风只是奔跑、追逐

微风不去思考

自己是不是微风

刮过很久了

还要继续刮下去

他们来去无踪

手抓不住他们

思考也抓不住他们

他们骑上马背，越过草尖

做彩蝶和蜜蜂翅膀上

一缕光

不管是飓风还是微风

他们都不去思考

因为他们不去思考

所以他们是风

我也该像微风那样
不去思考自己
只看到人们
有微笑与清凉
有呼吸和依托

此时最不应该思考的是
我是哪时哪段哪片草原上的
哪一丝微风
一旦这样思考
微风就会离我而去

2018 年 4 月 20 日

总是企图为歌声命名

总是企图为歌声命名
歌声怎么能命名呢
把歌声命名为太阳时
它只能是太阳
把歌声命名为某条河流
它也只能是那条河流在流淌

歌声就是歌声
它不是风
风只在属于风的季节呼吸
歌声没有季节

能够固定在五条线上的
不是歌声
歌声总在变化
就像天上的云

大海的水

就像高空飞翔的老鹰

不会重复以前的任何一个动作

能够重复的

不是歌声

每一次歌唱

都是一次新的出生

每一个音符都有一个名字

名字的堆积

不是歌声

清晨的雄鸡叫了

母亲在思念儿女

松鼠蘸着朝阳洗脸

对这些，最好是静静地听

而不要急于命名

2018 年 5 月 2 日

我们茫然地向草地深处走去

我们茫然地向草地深处走去

像在凌晨两点钟做梦

走得太久了

会忘记此行的目的

今天见过的草

昨天全都见过

今天飘过的白云

明天或许会下雨

做梦的目的是什么

——做梦没有目的

就像我们一而再，再而三地

向草地走去

深处之后是边缘吗

梦的顺序被路边溅起的石子打断

石子的顺序

被牛虻金黄色的曲线打断

牛虻的顺序

被小河中惊起的游鱼打断

游鱼的顺序

被摇曳的灯火打断

本是安静的

像一粒草籽

顺遂风的意愿

我们却逆向风

闯进草地

只有巡视天宇的老鹰知道

那只奔走的甲壳虫

其实一动也未动

2018 年 5 月 4 日

寻找意义

企图深入草的内心

去寻找意义

我根本无法深入草的内心

也无法找到意义

草随风飘动

那不是草的意义

至多不过是风的意义

风又有什么意义

草绿了

那至多是水和太阳的意义

水为什么要淌到草根中去

太阳为什么照耀

它们的意义是什么

草没有义务解释

草间的蜂蝶有意义吗
我想它们真的很有意义
因为它们纷飞、蹁跹、流连

我无法深入草的内心
正如草也无法深入我的内心
我们都是无意的闯入者
把对方当成自己的领域

我们互相问候
如亲戚般客气
在无意间停下脚步
又在无意间挥手告别

2018 年 5 月 10 日

大气环流

大气环流越过草原这一段
没有什么特殊安排

我也没有被安排
和一株小草被抛在一个空间

只有紧紧抓住小草的根部
才不至于陷入惊悚
它有根，我无根

穿越我的左耳和右耳
回声在脑颅中
四处奔突，寻找出口
入口处，挤进那么多好奇的
动物茸毛，像火焰在啸叫

我无话可说
前面的波纹不忍我无声地抽搐
疼痛面前唯一的选择
是和疼痛成为朋友

从山坡上滚动而下的石头
不是在逃跑
他们撞击出若明若暗的火星
像命运在燃烧

2017 年 7 月 20 日

深处

在内蒙古草原深处
深夜
我没有找到那一片泻入大地的银河
没有看见光
只看到自己心头在燃烧

是所谓的黑暗吧
在大幕之中
每一粒星子
都是一个水晶般的气泡
极容易刺破
被那双锐利的眼睛

脚下的路湿漉漉的
银河之水在流淌
狼声多了，织成密网

空气寂静如开始之时
我像一粒草籽的空壳
没有方向
我前世的小草
长得不知是什么模样

我被黑夜融化
成为黑暗的组成部分

2018 年 1 月 9 日改定

而星与星正在说话 [1]

现在我可以远离所有遐思
将一粒星星别在发梢
另一粒是第三只眼睛
意外的光谱，像初恋的抚摸
银河追随时序，变幻、铺展

静穆，大地心潮起伏
仿佛刚梦过一场久违的爱情
它记起白天有骏马打着响鼻
在告别奔跑的一刹那前
将残损的蹄铁抛射给主人
一匹马倒下了，骑手双膝跪地
手捧像雏鸟一样的太阳花
和一切配得上花的颜色

---

[1] 标题为俄国诗人莱蒙托夫诗句。

他泪流满面，脚下窜出无数条
夺路而逃的银蛇
那只像罕山父亲一般俊美的牧羊犬
已沉默如明天星空下的岩画
安静如被季节悬置的老羊皮大氅

而星与星正在说话
燧石撞击出耀眼火花
心头愈是五彩缤纷
脚下愈是不安
秩序，存在于无须刻意安排的失序之中

轻轻拂去浮影、光斑
随意洒落的蹄印如碎花点点
收拾破碎的瓷器、琉璃瓦、金箔
小心翼翼地粘贴
放飞暂时落脚于骆驼刺尖的苍鹰

风在洒扫庭除，像打扫记忆

是谁在安排星和星的位置

也将我铆钉在星空下的一个位置

我却如世界一样慌乱起来

唯恐辜负星星们的嘱托

在一个远离蜜蜂和三叶草的荒原

做不稳远离现实的梦

而星与星正在说话

金属薄片晶莹的碰撞声

赤脚踩碎两三点露珠

他们相互凝望、细语

装得下对方

梦中的湛蓝，有深邃镶边

闪烁，却不喧哗

2022 年 8 月 1 日草，8 月 14 日改，10 月 1 日改定

蛇雀之搏与高空的鹰

晌午的闷热是静止的软糖
云朵懒散，被蓝颜色溶化
风不动，草也跟着不动
抬起的左脚，先不急于落地
一滴汗水足以使草地翻转

我们下蹲，然后俯伏
让发梢与草尖齐平
目光拨开枝叶织成的网眼
尘埃洗净，有天文望远镜的分辨率

远处，目光被逼返的尽头
是一处被夜雨切割后的半壁江山
裸露的断壁，如新鲜的伤口
上面，蚂蚱、蜥蜴、甲壳虫、蚂蚁们享受伊甸园

突然，空气似乎有小小的火球爆裂

视野深处，断壁上有翅膀在急速扑闪

是山雀子，曾经和我们滴溜溜对眼的山雀

凉意像箭簇，穿心而过、骤停

是那只小巧的山雀，调皮的山雀

它优雅的尾翼、灵活的双翅

在颤抖，在挣扎，在跳动

它的头、喙、眉眼

深陷于洞穴入口，出口仿佛在地球另一边

里边到底发生了什么

在绝望的关口

我们的小小心脏

也会被那没有底线的深渊吸入吗

而后是疲软无力的双爪

灰里透红的肉，僵硬

而后，漫无头绪的车祸现场

洞口，烟尘乱作一团

静

整个草甸子哑口无言

一只灰山雀？它来过？或者没有来过？

问天，天上只有一只黑鹰一动不动

仿佛天和地分开那时它就在那里

守门人，图腾，神祇

时间抵消着一切

我们开始嬉笑、打闹

跑着，跳着，越过草尖

劈开地穴

一条灰褐色的草蛇在铁器下开始逃窜

它紧抓住的地力不是我们的对手

暴怒于返身之时

骨裂色的牙齿

猩红的蛇信子

火中取栗的眼睛

冰凉的皮，冰凉的血

腹腔里冒出丝丝热气

那只可怜的山雀，蜷缩着身子

毛皮已经半生半熟

像是从沸腾的热锅中刚刚捞出

冰冷的动物将所有热量都用来制造劫难

最后却败于游戏的人间

我们暂时忘记了天空还有黑鹰的存在

它正在瞄准、聚焦、准备重力加速度

它正在运算、谋划、积蓄作用力和反作用力

或者，它已随东移的阴影走开了

2022 年 9 月 1 日初稿，10 月 1 日改定

森林、小木屋、夜

宿在森林深处的小木屋中
就会把高楼大厦抛在脑后
就像那一滴久久没有干透的汗珠
不会向往江河湖海

树枝和树叶都挑着星星
像恋爱季的男女
雏鸟都是些不爱入睡的孩子
被父母从左肩移到右肩

新造的子宫脐带如细流悄无声息
小木屋，不安的小舟
荡到边缘
又回到中心
似乎在动
又似乎不动

温暖从体内向外流淌

我们相互看着，喝酒

蕨菜、松果、山丁子、稠李

河湾处栅栏里的鱼

熊瞎子没有踩碎的白蘑菇

新叶和陈叶勾兑着气息

是放逐了的、走投无路后的

轻松

而后我们走出木屋

仰头、呼喊、嬉笑，没有来由

声音由一棵松树向外传递

传向白桦，又传向柞树

牛顿应该改写宇宙第一定律

"阻碍物一旦成为传导体

处于匀速直线运动的事物

就会以加速度的方式一直传递下去"

而声音也是事物

突然，屋门像被奔雪爆开
落单的同伴落荒而出
"着火了？熊？还是毒蛛？"
"太远了，离开你们有千里万里。"
"一道栅栏，不必一惊一乍。"
"我怕再也跨不出那道门槛。"

安身之所成了失魂之地
谁都不敢第一个返身入屋
缠闹过后，雏鸟也睡了
眼前的同伴仿佛逐一隐身
每一个人仿佛只是一个人
像白天看到的那只小鹰
被父母无情地逐向峭壁

2022 年 10 月 4 日

行走在夜的荒原

就这样隐藏于夜的荒原

像浓雾的一颗微粒

涌动的海随身体起伏

前行或者后退

狐狸深藏在洞穴之中

不问世事

熊和土拨鼠也做随从

寒冷攫住任何根的欲望

吐出的热气，再深深吸入肺腔

内循环是此时唯一的温暖之源

前后左右都没有高山瞭望

步云者，步浪者，步涛者

一步步都走在自己僵硬的胸腔

送别的狗，尾巴停止了摇动

摇曳的灯光从背后熄灭

一腔热酒已经不足以壮胆

豪言壮语被风沙追击为碎片

你知道，总有窥视的狼

循着你的气味

从四面包抄而至

眼睛比欲望更加血腥

胆寒与否已经不再重要

右腿紧跟左腿

像陀螺挨了那一阵鞭打开始

事物，总是处于静止与匀速直线运动之中

你不是你，你是非你

你和脱落了叶子的树一样

都归入事物这个范畴

你若逃离，夜将不再完整

逃离也就不再完整

看见那一粒星星了吗

你曾梦到他的笑脸

梦中，他同你捉迷藏

任何星星都处于有无之间

就像每一片云彩都守护着一片葱木

每一粒星星都守护着一片牧场

那里因血肉丰满而生机勃勃

你看见钢蓝色的光

你曾在那里驻足

同远去的父母相互倾诉

你栽下松树，聚集流水

建造一座未来的城

向死而生

那是你走出怪圈的原点

目标已经确定

星星被老鹰叼起

落下的地方

你看到你

如一轮火球在滚动

那是原野的另一种景观

光在，草在，风在，你在

你们都在行走

2022 年 6 月 25 日写于呼和浩特

一个人走在黑夜的草原

打一声呼哨，天河就掉了下来
星星挂露，月亮披霜
一个人匆匆行走
就是整个草原在匆匆行走

我没有目标
目标因酒醺而遗忘
就像草原遗忘了那些打马而过的帝王

牛羊和车轮踏出了几十条路
随便走上一条就对了
我真的没有目标
只是想把自己走得再热些
再热些，不然就要笑死了

我的马累了，比我更累

瘦干的脊梁用我的皮袍包裹

它远远跟着我

像是永远也洗不净的影子

迎向风或者顺着风

脚印都会被风擦去

从哪里逃离的，去投奔谁人

路都醉着，路因酒醉而舞蹈

没有人声，也没有狗吠

老狼也被风雪赶进了洞穴

这就对了，天地还敢让一个生灵裸露

一个莫名其妙的罪人

不应当在光天化日之下行走

2018 年 9 月 1 日

越过草尖

越过草尖
我看到一个蒙古老人
盘腿坐在他的毡房门前
一只空酒瓶半歪着
瓶口和他的嘴角一样湿润

我胡乱猜想:
他在品尝过去?
他在享受现在?
他在畅想未来?

他的眼睛眯缝着
他的嘴唇紧闭着

我又胡乱猜想:
他如果会唱歌

会是长调

还是短腔？

突然，一个声音像鹰一般

在我和老人之间盘旋

唱的好像是：

"把草尖看低了

要来的人脑袋就露出来了

草要是淹没了后背

刚见过的人就再也见不着了……"

2021 年 9 月 28 日

毡帐——一个寓言

远方有毡帐
风来做你的裙边
天庭下的独舞
不需要移动脚步
有风送来的花香在动
夜的小精灵的眸子在动
做滑板游戏的星星们在动

容纳我们忽冷忽热的身躯
忽明忽暗的情绪
容忍我们忽高忽低的声音
蓝孔雀归拢纷乱的羽毛
远古的兵士向未来发射响箭

放逐的舞者
如放逐的酒

因被放逐独自升起舞台

归去，即便只留下一张风霜满地的老脸

也会自己倾听自己

自己做自己的兄弟

2022 年 8 月 2 日

边境，擦肩而过的目光

眼下，所有的事实都是据说
她只是向你走来
在擦肩而过
微笑不动声色
不回答任何问题
包括探寻的目光

据说她从一九一九年走来
据说她的故乡在俄罗斯
阿赫玛托娃，茨维塔耶娃
你们能代替她开口吗
"是的，我会的"
但要在可以说话的时候

一条小河被属于两个国家
我看到，对岸她曾经的同胞

一个胖大嫂，将洗好的花裙子
搭在迎春的晾衣架上
看着和鸡狗打闹的孩子叹了一口气
而士兵总是警惕的

小镇在长个
不需要传说，不需要历史
她身板挺直，有白皙的前额
却像化石一样不说一句话

有她在，传说似乎还在
尽管没有内容
她如果不在了
传说便成了背影

只有水在流淌
好像总是从头开始

2022 年 10 月 4 日

带一些月光

那些个夜晚
所有的山都在月光下静默
我哪里也去不了
我在山与月光游移不定的夹缝中

困乏排斥一切探头探脑的梦
只有母亲的步履清晰可辨
但她不会梦到月光下那些个山
风剃去他们额际乱发
更凸显天庭饱满
好像可以学会思索人的问题

山是不会轻易移动的
那就移动自己
带好衣皱间藏掖的尘土
就像怀揣一只懂事的鸽子

温驯于我略微高升的体温

和小心脏忽快忽慢的速率

明天，我会带着留存的月光走在阳光下

就像带着过时的考卷去应试太空

2022 年 2 月 17 日

慢阳光

每天，在约定的时刻
阳光像一个军营早点名的首长
开始清点自己的士兵
缓慢地抚摸带着睡意的温暖

那些未经打理的胡须
那些皱纹
藏匿在皱纹底部的岁月沉积物
都是需要不断晾晒的家底

村庄，慢慢地醒了
仿佛，睡着的时候，屈原还在远处的江边沉吟
远处，是任哪一个朝代的精明人都无法分辨的蛙鼓

一个乡村，一睡就是千年
而梦，由孩子出生、老人死去、土豆花开了

等等等等构成

暂时未被淘汰的脸

石头一般，有明有暗

不知道他们内心的通道有多少曲折的水流

享受片刻的阳光，如同阳光享受它的子民

构成了一个安静的世界

一米之外，气急败坏的加长货车

正急急忙忙运送重建世贸大厦的材料

2017 年 10 月 2 日

迷失在森林中的人

一个固执的人走进森林的大门
因为他第一次见到如此美景
所以他只留下背影

"不要去找他"
守林人严厉制止

"他会迷失在树木之中
他不会找到回来的路"
寻找者在申诉

"是的
他会见到无数长着同一张面孔的树
他会走上仿佛曾经走过的路
他会因沮丧而神情紧张
又会因神情紧张而加快沮丧的步伐

他会赶上前一个世纪刚刚出生的麋鹿
他会踩碎下一个世纪才需要踩碎的树叶"
守林员在讲解

"他会死的"
寻找者在哀求

"他只是陶醉
他会活在落叶之中
活在蘑菇之中
过胜的美景会轻松超越生死"
守林员越来越平静

"他实在是对森林一无所知啊"
寻找者在哀号

"这就对了
你要像相信他的无畏一样
相信他的无知"

2021 年 10 月 18 日写于呼和浩特

牧羊犬

一只巨大的牧羊犬

追着汽车奔跑四十里的牧羊犬

和主人面对面地蹲了下来

他们在商讨着什么

而后，彼此拍了拍对方的肩膀

来人的性质由此转变

他向它出具了我们的身份证明

他们之间有了一种默契

他用母语，它用耳朵

等到星星上来时

等到我们酒后的歌声喑哑之时

等到我们因醉酒而用羊腿骨敲击对方的太阳穴

它在屋外只是不满地哼了一声

仿佛在躲闪一只嗡嗡的苍蝇

以后，它就懒得再发出任何声响

它像外星遗失在地上的一座小山

没必要再看一眼我们这些像空外套一样的人

2021 年 9 月 28 日写于呼和浩特

那年回我的达茂旗

昨天横遭荒唐雨
明天要回到达茂旗

耳光般的闪电已经停息
恼怒的云一时丢失了风雨衣

我的雨靴被当作买路钱收走了
我的赤脚失去了摩擦系数

淹没了唯一通顺的路
泛滥开无数似是而非的路

路多了，等于没有路
腾起前蹄的马，只适宜作雕塑

亮出你艾不盖河般温润的手环

达茂旗，像路标，把星星点燃

彩虹可以被夜色打断
牧羊犬正护着羊群归来

王的花朵般的小姑娘
不要让眼泪脏了你的花手绢

等到额吉可以腾出喉咙唱了
水泡子里的月亮就亮了

等到枳棘草尖上的百灵鸟叫了
天就干了

雨造的泥泞和人造的笑话一样
来得快，去得也快

只要蓝宝石海子还在恍惚之中
要回到的达茂旗，就不止在阴山之北

2022 年 1 月 6 日完成初稿，1 月 9 日改定

皮马鞍

金马鞍属于可汗
银马鞍属于他的妻女
放马放羊的
用皮马鞍正好
因为马的皮肤和人的皮肤
都属于生物系列

可汗有下马的时候
他的妻女也一样
放羊的放马的从不下马
马鬃扬起了风

即使那马驮着虚空
放羊的放马的仍然在摇晃
像电影中的特技镜头

2019 年 6 月 22 日

风雪夜，归途

一脚踏空，你就成了雪野的一块化石

归途才刚刚开始

留步？保持它的完整性？

保持它的唯一？

把自己排除在外？或者

像拉链一样排布马车的辙印？

溢出的血痕，沿着伤口

一个冰雪的世界

眼睛被排斥于感觉器官之外

落单了。每走一步

都在空间的中心、时间的边缘

将雾化的冰坨统统吐出去吧

只留下唯一的小小心脏

即便是一团雪，也不可以随意乱丢

它有属于自己的分子式

每一个有家的人

都不会随意睡在另一个屋檐底下

固执的是人。比人更固执的是马

比马更固执的是，雪

在恣意创造白茫茫的洞窟——

不留任何入口和出口

踏上归途，就踏上了虚无

急速而过的念头给未来制造琥珀

标本属于考古学者

回头路和前方一样失去了方向

百口莫辩，词穷的人落在了词语的洪流

失魂的信鸽，在积雪的电线上

倾听微弱的电波

交出一个身体，再生一百个也无法赎回

四面八方的声音在规划着无声

鞭梢点燃冰蓝色的火苗
白色浪涛在钢琴上演奏排箫
诗人将呕心之作投入深渊
久久地捕捉它落地的回声

大概在一万年后
大概是第二天早晨
你看到你和太阳一起笑醒了
紧紧依偎着敞开的家门
从家门到屋门
有一条灯盏打亮的小路
你却一时无法起步
只有无忧无虑地号啕大哭

2022 年 11 月 19 日写于呼和浩特

云的仪仗

听谁人的律令，那天边的云朵
是羊群在听从牧羊犬的吆喝
还是，滑向飞檐的六兽
服从神灵的密码

一只大猫或者大狗引领着
三四只小狗、四五只小猫
享受太阳的针刺和风的梳理
一串马兰花，一路追着蹄印、车辙

从探出第一个额头、眉眼
到无目的的旋转、缠绵
像裸露半边肩膀的牧人
用温暖的一面迎接冷风
将寒冷的一面接受暖阳

睫毛一扑闪之间

一切都不见了踪影

撤离和集合都那样迅疾

他们先前的行程是为洗净天空

享受日光变幻的七彩棱镜

总有一只手将刀枪剑戟的棋子

——归于棋匣

狂怒的时刻

归纳大地上所有不平的山川

在晚饭过后

"黄云雨大，黑云吓坏老婆"

均匀的细语总是一架竖琴

而暴雨则是一个硬汉子不能再痛的哭诉

曾企图网格化天空，束缚每一处轨迹

在和云的抗争中

人总是甘拜下风

我们何曾将心中累积的雨水

排出符合几何学、物理学、化学的图案

或者将自己和云的位置调换
让它以天空的视角品评你自己
你，我，他，惊奇地发现
原来，我们都是滑稽的不倒翁
在摔倒、匍匐、俯仰之后
又摇晃着复归原来的位置

没有谁听谁的律令
变幻莫测的云朵
开始又一次排列组合

2022 年 10 月 1 日

女儿山下

离星星最近的地方
也是离月亮最近的地方
它的名字叫达尔罕茂名安
它的名字叫艾不盖河
它的名字叫女儿山

睡在离蓝天最近的地方
呼吸均匀
让胸脯尽量起伏开来
不要误导老鹰以为你已经死了

枕下的石头已经沉默了千年万年
此时被我热醒
它催促我快快离开
喝你的早茶去
抓你的秋膘去

他需要继续沉默下去

2022 年 8 月 1 日

水泡子

水泡子会哭吗
哭多了就没有眼泪了
就没有蹒跚而至的牛羊了
就没有照镜子的灰雁了

水泡子不敢哭
也不忍心哭
它学月亮的样子
尽力鼓动自己的弦

安静下来的水泡子
像是寡言的母亲
她把每一位过路的生灵
都当成自己的儿子

2019 年 6 月 22 日

王花朵 [1] 在拍摄一朵花开花的过程

箭簇般的光点
搭在时间的弓弦之上

王花朵在拍摄一朵花开花的过程

阿基米德的杠杆停止了撬动
希特勒邪恶的手被地球仪打落

一切都随孩子暂时忘记了呼吸
根与脉，在急速旋转中静默

蝴蝶翩翩，蜜蜂如螺旋桨
在她的发辫上

---

[1] 王花朵是友人王阔海的女儿。

花开的季节，王花朵又长了一岁

花也拍摄下了她长大的过程

2022 年 8 月 10 日

第二辑

名册

枪与靶

这是一道选择题
主动做游戏，还是
被动接过白手套

枪和靶子，一对好兄弟
勾肩搭背之后
摆出阵势，适当拉开距离

生命，一再重叠、抽象
成为数学公式
物理试题
于是，枪安装上它的下一个零件——
一截即将脱离手掌的手指
半闭半睁的眼睛
呼吸由来复线处理
轨道幽深而且流畅

后来——

将整个身躯

聚为弹丸

燃烧

和抽象的生命合而为一

——靶子一动不动

枪说，在这里，一切犹豫和温情都无济于事

靶说，粉身碎骨之前需要足够的镇静

可以织网

可以捕获鱼类

无须装填那么多仇恨

只需不时对换角色

我之外没有我存在

天之外没有天存在

时间之外没有时间

枪和靶子之外

没有枪和靶子存在

拥有和击穿是同一个动作

爱和毁灭出自同一种动机

枪说，给我一点点就像侥幸中奖那样的运气
靶说，当我很不情愿地被卸载于肩膀之上

我非枪，焉知枪之愉悦
我非靶，焉知靶之沮丧
在不确定中寻找确定性
顺便校正一下老是偏斜的缺口和准星

2017 年 7 月 10 日

穿行

远行

向着精心建造的毁灭之城

白房子若隐若现

几何图形的海市蜃楼

一粒弹丸

在空中飞行

在身体中飞行

还是

在心中飞行

无法确定

初速度无法确定

重力加速度无法确定

如果目标足够遥远

比穴居动物与享乐主义机器人之间还要遥远

遥远如三代断代工程一样需要很多人力物力

那么，我心中游动的

就是近似平行的直线般的曲线

弹着点，也像失恋者的拥抱

永远是一个在接近与达不到之间的

慢镜头

一场狂欢任由无数来不及落实的弹痕编织花环

花环炸裂焰火在欢呼声中升起

树叶伸展手掌般的纹理

母亲的摇篮被彩虹谱曲

白色鸟穿行于火烧云的天空

融雪在房檐下方流出图案

2017 年 7 月 13 日

在目光和流星之间

目光往往寂灭于一个词语
流星如生命消失于天际
把那么多寻觅的游丝
和脚印
泪雨般遗失于大地
恸哭也因光影舞蹈变得
斑斑驳驳

我长久地伫立于这个空间
在目光与流星之间
企图把自己变成一声
能够有回应的呼喊
却屡屡撞击铁壁
声音的钝刀子划过肌肤

那就让我裸露一切痛苦

在星星的流沙中将江河缝补
视线也由此成为穿起生与死的针脚
告诉光
每一粒流星都在路上

2017 年 7 月 19 日

名册

得胜者一定要写上自己的名字
牺牲者的名字却由得胜者选择
我既不是得胜者
也不属于纯种牺牲者
我的名字我不知道他在哪里
从竹简到布帛
那些刀刻和油漆的笔画
是属于胜利者还是牺牲者
无从认定

名册被丢弃于化浆池
字迹纷纷逃遁
还原为颜色的河
纸张翻新
正好印制经书、菜谱、育儿大全

在朗读名册的时候

风总是走调

抬着霜打的叶子

旋转在无涯的天际

也在近距离

这没有变声的傻小子

充其量是一个文盲在滥竽充数

叶子上有蚂蚁写下的蝌蚪文书

精确如进军指南

它们的父亲能写下，儿女就会认得

它们思维明晰，而且遵循自然

排列名册在于整理一种情绪

词和词之间不会连成句子

石头和石头的排列是句子吗

纵然垒砌成长城也还是不易通读

书页太脆弱

石头则坚硬许多

那就用石头排列名字

形成八卦阵

后面的眼睛盯着前面的背脊

这时，那股没有文化的风

才可以打着口哨在名字间匆匆掠过

2017 年 7 月 25 日

胜利纪念日

这个日子在我出生前已经到来
我听得清它急切追赶的步子
它以子弹的速度，嵌入我的身体
点燃我日渐缓慢的血流

缺损的骨骼用弹片修补
疼痛一再提醒活着这个事实
这个日子
像一个游动哨兵行走于天边
看它会不会被人从时光中偷走

这个日子属于胜利者
也属于失败者
双方的后代
是不是处于同一个坐标

在这个日子里，胜利和失败都不需要纪念

他们已经与这个日子雕为一体

他们将尖峰嵌入我们的眼睛

抚摸那些残存的躯体

2017 年 8 月 3 日

有一些死去的人还是……

有一些死去的人还是记住他们为好

因为总有人会步他们的后尘

默默死去，譬如士兵

他们每天演算的功课是给死亡画上句号

在死去与崇高之间画上等号

和战争年代相比

和平时期的死亡数目可以忽略不计

在胜利面前，死亡已经闭口

牺牲者的名字垒成等身碑石

而和平年代的牺牲者

却如烈日下迅速逃遁的残冰

远远地，远远地，那些姓名

躲进浓荫密布的树叶中

任自己的声音被鸟的鸣叫遮掩
一只雏鸟可以把一滴露水喝干
一片落叶可以把一声叹息飘走
好消息和坏消息都会带来
却不会留下自己任何消息

然而还是不要忘记他们为好
这是确认自己还活着的较好方法
记着他们生苹果一样的面容
总比记着太多的狰狞为好
未来的馨香总是一再提示
有时候，活着也许是第一位的

2017 年 8 月 4 日

银河落满内蒙古草原

是无声的降落、全部的降落
不会丢掉一片暗影
我被银河紧紧包裹
严寒因身躯前移而温暖了起来
枪刺隐忍
星星如露珠镶嵌于锋刃之上

抖动我自己
也就抖动了整个山河
天地间，只有他们和我
默默潜行，没有一句问答

一个夜晚，一支枪
一个士兵的全部世界
当梦拥抱四周之时
真实与虚无成为一个整体

在内蒙古，我从来没有感觉到银河的存在

也没有感觉到风的存在

因为，在整体之中

一个令十八岁士兵惊恐的黑夜

只是一个可以忽略不计的墨点

2018 年 4 月 30 日初稿，5 月 16 日改定

同史蒂文斯一道观察一只黑鸟

说我是士兵，不如说我就是那只黑鸟。

——题记

1

这里只有一座雪山

其余十九座需要用背脊隆起

落在上面的草原鹰

与黑鸟对视

惊飞的天空一尘不染

2

众草烘托

一棵老榆树

准备成活千年

枝上的我也有"三种心思"

击发、弹道、落点

我的心思一秒钟就可以实现

我的心思一生也无法实现

3

不只是"哑剧"

不一定在"秋风里盘旋"

那一只黑鸟

永远是剧中的一个"小角色"

4

从一只黑鸟中减去一个男人

"是一"

从一只黑鸟中减去一个女人

"是一"

从一只黑鸟中减去所有男人和女人
"还是一"

5

梦中号角，变调为
清醒时的哀乐
阴影下，勋章
有一种"暗讽之美"
"我不知道我该偏爱哪个"
是芳华乘着黑鸟的翅膀"啸鸣"
还是随后向死的过程

6

穿过这"野蛮的玻璃"
从长窗上装满的冰柱开始
透明的壁
落下泣血影子

为追溯一个"难解的缘由"
我在玻璃的影子里
"来来回回"

7

哦，金融街的富人
为什么你们要想象火星
"你没有看见黑鸟是如何"
循着它的轨道
在阳光中遁形

8

大剧院上演"重音"
因众生屏息而"富贵"
即便不明晰
节奏也"不可避免"
我不知道

万里之外的黑鸟
和我知道的是否有关

9

黑鸟永远也飞不出
我的视野
因死亡而断裂的细胞
构不成一个又一个圆圈
"标出了边缘"的士兵
用最后的浅笑
画上了弧线

10

"看到黑鸟"
在绿草尖上滑翔
连孤独的饿狼
也停止了嚎叫

11

"他穿越"梦中原野

乘一辆挂满流苏的铜色车辇

他惊醒于一次温柔的恐惧

他的错误在于

把黑鸟投射的影子

当成自己的影子

12

千河封冻

黑鸟低飞

13

整个四季都是季节

"在下雪

并且还会下雪"

雕塑在"雪松枝间"的

必定是那只

黑鸟

2018 年 5 月 18 日

附记:

将一个士兵同神秘主义诗人史蒂文斯联系在一起,并不是我的矫情和故弄玄虚,而是出自一种真切的感触。那是1981 年春天,我在内蒙古阴山北麓。一天晚饭后,我一个人走到连队对面那段秦长城遗址上,想暂时驱散心头的烦恼。向南一看,团部的灯光开始亮了起来,再向远处望去,那个边远的小县城也有了灯火辉煌的样子。星星开始泻了下来,就在眼前。我心里一动,脑际中莫名其妙地涌出了史蒂文斯的诗句:"一个男人、一个女人 / 是一个整体。/ 一个男人、一个女人和一只乌鸫也是一个整体。"(李文俊译文。

在陈东飚的译文中，"乌鸫"为"黑鸟"，"整体"为"一"）
我好像突然明白了什么。我问自己，谁又能走出整体之外？
整体之外还有自己吗？自己不就是那只被整体包括的乌鸫
（黑鸟）吗？当然，这种一己之见是穿凿附会的，不能作数。
然而，这个怪老头却着实救了我，使我的身心突然通泰了
起来。面对！一切来临的都必须面对！这就是生活。从此，
我对这个怪老头就念念不忘了。这些句子，就是冒着穿凿冒
犯之讥、拉大旗作虎皮之消，从他的诗句中生硬剥出来的。
加引号的是诗人的原句、词（用陈东飚译文）。

寻找失踪者

前年的风，去年刮走了
去年的雪，今年也化了
我在一长串数字中取出其中的
一个数字，作为火把
在长长的隧道中
寻找着他们

装着他的母亲，已成尘土
蛛网织出了老屋的窗花
在他们流血的地方
我们种下白天的显影，夜晚的暗影
种下脚印
在我们流汗流泪的地方
儿女们种下丁香、三角梅和
不死的冬青
种下花裙子和蝴蝶的乱影

洪流中洗出岁月的尘土

尘土覆盖为泥沙，沉积

第几层，需要碳十四来证明

证明，他也曾和我们一样

怀揣梦想、秘密和一些

未曾了结的债务

我的血，无法和春天草木盛开的

DNA 比对

写下的名字，也无法录入计算机

进行筛选

战斗织成网状的史料，如同苔藓

重新耕织的开端

他们只有一个共同的名字：无名

在远方，天空比我眼前的天空更蓝

在心的深处，空间比远的天空更空阔无边

他们和天空有一个共同的色彩，叫深蓝

和空间有一个共同的内涵，叫无边

只要寻找，他们就无处不在
就像洁净无处不在，只需要迎接
却不需要到达

2018 年 4 月 10 日

总有一团雪难于融化

把血泪化成的雪铺满平原
给我们腾出位置
生地、死地
血肉横飞之地
守护家园之地

用雪堆起一个个枪尖
给失神的月亮指示路标
竖起终年不化的冰塔
让悲伤的心坚强些、再坚强些

枪尖，离太阳最近的地方
也是离鸟最近的地方
枪尖，是阻挡坦克洪流的地方
也是默记家乡的地方
以血肉之躯的名义

站在钢铁的对立面

然后我们凝固了
把平安留给了风
风总是不安静的
总要刮醒淋漓之梦
一再提醒
在每一个守护者心中
总是有一团雪难于融化

2022 年 3 月 2 日写于呼和浩特

第三辑

镜中

我们的猴兄猴弟（组诗）

成长中的猴子

每天都要做无数张弯弓

一遍遍把自己弹丸般弹将出去

两面清风，刀刃疼痛

叫声也是笑声

喧闹声，应答声

跃过，溪水中惊鸟的倒影

抛掉最后一片栗子壳

两手便空空如也了

如钟摆下坠

紧一阵慢一阵地敲打时间

密林深处，有漏网的秘密

时光和影子都是玩具

为驱赶困境而忙乱

因忙乱而快活

就是咬死一只虱子

也是快活的

炫耀的毛发，如同形式

做梦还是不做，记住还是忘掉

天上有倒挂的星星

2020 年 8 月 14 日

恣意的猴子

多么丰沛的季节

流溢的精力胜过剩余价值

投入旋涡

投入热烈的爱

无节制的爱

搅乱王母娘娘的宴席

在他们笑眯眯的目光之下
激动的头发撑起冠冕
随便推开一道门都是自己的家
把尾巴变成绿皮火车
游走四方
到处都是树木、花果

挺起胸膛
不管前倨后恭
有铜锣开道
便有场地吆喝
不用学狗儿用余溲划分领地
要学大圣
一个筋斗就是十万八千里世界

扫荡西风，驱尽尘埃
安静下来就搭建庙宇
有向八面支棱的胡须可做门神
多余的尾巴

正好是竖起的旗杆

2020 年 8 月 15 日

被驯服的猴子

把励志的鸡汤喝下去
在忍受鞭打的时候
紧箍咒是必须的
金项圈是必要的

告别往昔
去日之日不可留
脱胎，换骨，褪毛
旧猴已死，新猴诞生
为玉宇带来新生和再生

歌唱鞭子吧，如同钢水歌颂熔炉
赞美饥饿吧，苦其心志才堪担大任
把遗忘的酒浆喝下去

通泰在疼痛消失之后

你好,猴兄猴弟
让我们互相侵害,如同相亲相爱
名字已经编进马戏团名册
灵魂皈依于穿衣吃饭的集体

记住每一粒栗子的香味
就会忘记皮鞭抽出的血痕
那就忘了吧,忘了好
有馋涎在召唤
活着就是唯一

2020 年 8 月 14 日

表演的猴子

用铁链装饰身体
如同耳环、项链、宝石戒指
不需要纯金打造

只要有金光闪闪的效果便好

我神采飞扬，我鄙夷一切
我知道，你，你，还有你
无非是羡慕，更加绝望的羡慕
你还不配恨得咬牙切齿
因为，你还没有迈过那道门槛

哨音尖锐，展示的时刻到了
从燃烧的铁圈中穿梭而过
英雄业绩，有毛发和皮肤的温度记录

尽量装出若无其事的样子
英雄本来不问出身
身子随指挥那柔嫩的手指
扭曲为笑的艺术

作为表演这一唯一目的
我对自己的表演深感满意

2020 年 8 月 14 日

放归山林的猴子

脱去马甲，在镜中惊掉下巴
卸掉的铁镣
是所谓生命中不可承受之轻
手腕处的毛被磨损
一种曾经辉煌曾经阔气过的印记
不被鞭打的背脊
奇怪地发痒
背后，是遣散自己的马戏团
前面，是一团迷雾

也曾想夺过鞭子，反向狠抽
也曾梦想掰断栅栏
遁入无人认领之地
眼下，故乡已是虚幻的存在
自由意味着饥寒交迫
曾经狰狞的面孔

胜过亲人

瘦骨嶙嶙的影子，如同末路

一口咬下去就是又甜又香的存在

属于盲区、属于格式化

属于强迫性记忆

用雕刀修理过的内脏

功能只属于某一种格局

猛然间，一只随他而放逐的小猴

从背脊上弹出

把空气劈成两半

风起处，迎面而来的每片叶子后面

都闪现着自己少年的模样

2020 年 8 月 15 日

恐惧的另一种论法

最大的恐惧
是不让谈论恐惧本身

我记住了一个并不久远的故事
奶奶和孙子
被人活埋
新土落下
孙儿说：奶奶，迷眼
奶奶说：孩子，闭上眼，一会儿就不迷了

谈论这情景时
我不仅闭上了眼
而且在心上盖了石头盖板

有的人似乎没有恐惧这个概念
他们只恐惧记下恐惧场景的文字

我的恐惧

和他们的恐惧

南辕北辙

2020 年 7 月 8 日写于天通苑

怀念六十年前夭折的小妹妹

一朵单薄的杏花

只微微一笑，就脱落了，在风雨中

我最小的妹妹

被蓝花格子夹衣包裹

那衣服，我后来穿过

还照过相

相片像妹妹一样

再也没有音讯

她围坐在窗户边

二三月，阳光温暖

睁着家族般的大眼睛

她如果能长大成人

会继续睁着大眼睛

悄无声息地观看

来的太不是时候了
平行世界里没有她的位置
脆弱也有冷酷决绝的一面
从一个星球走失
被另一个星球接纳

后来，我曾经厚葬过一只红嘴山鸦
恨不得把自己的心和它埋在一起
她该是长高了，帮我培土
企图领走荒年的妹妹
我从来没有听过她的笑声

2022 年 3 月 31 日

他们是时间的同行者

背对着时间走的人们哪，如我

为什么不把那些荒废了的时间划拨给他们呢

我明知自己的时间已经不太富裕

但我还是愿意交出

交给我的后代

他们的目光清澈

他们是时间的同行者

他们也是空间的同行者

他们唤醒嗜睡的我们

他们告诉我们时间还在早晨

他们在用尚未完全变声的嗓门

唤醒我们，唤醒打盹、怔悚的我们

晒晒太阳

听听歌声

我想对于像一个老榆木疙瘩的我
再多的时间无非是加强它的顽固
还不如像闪电一样交给瞬间
再由闪电交给能够握电舞蹈的青年

我逐渐干枯的身躯
如果还能留下因为感动而哽咽的功能
那要比抓住大把的时间而不撒手
强过百倍
即便失去我自己的时间
也要把它交给与时间同行的人

2020 年 8 月 13 日

或许无题

近处的细雨掩盖了远处的雷鸣

弧光，双眼窒息的瞬间

求求了，别说话行吗

我远处的兄弟代替我病了

或许是肠梗阻

或许是痢疾

让我戴上听诊器

把触点布满大地腹腔

用近处的细雨掩盖远处的雷鸣

聋哑了，看我的口唇

笑容灿烂如白色花朵

2021 年 7 月 8 日写于呼和浩特

倒春寒

像是倒挂在睫毛上的眼泪
即便六月到来也会飞雪
不是来掩盖枯枝败叶的
腐烂是个过程——能经得起

它是苦水的收集者
在阳光照耀的冰山顶上
在映山红执意要开的阳坡
在一双又一双眼睛的接力
也穿不透的深井
一千度的火被一万度的冰包着
像是骨骼完整的少女
用曾经拥有的美姿容说话

在这些黏滞的城市和旷野里
雪伴着白玉兰起舞

伴着写满谎言的纸张碎片

像是所有河流都要回溯到雪野

重新耸立起一座座雪山

修理骨头的寒风也许会越来越大

和寒风赛跑的雪球也越滚越大

无须准备各种衣服

以适应这疾速变脸的舞台

赤身裸体岂不更好

让舞台去适应这些裸体岂不更好

2022 年 2 月 18 日

假如雕像开口说话

假如雕像开口说话
他会说，忏悔也是一种活法
如同他的死去
死是一次极其正确的活法
如同痛哭也是一种活法

——没有这样的假如

石头只在梦中才说话
石头只在斧凿时才说话
在山崩地裂时才说话
石头怎么能说话呢
石头只能以沉默
作为自己的责任

不要再击打它了

就像当年，企图击打它的前身
当我们用双手将一个肉身扼杀
又小心翼翼地用石头复制它

为什么不去问问匆匆走过的任何一个人
却要在满坡满坡的石头上
落下那么多愁云
为什么总以为活人都是哑巴
而只有石头才能开口说话

2023 年 10 月 2 日

顽石

五色，被无形手掌锻开
便无色、无臭、无形
在水中流浪，大地上因而
没有涛声，没有巨浪
只有温婉如天鹅背面，风
如素手，风因没有顽石阻挡
也像，长满蓝藻的红湖一样
掩盖着泥沙，地底下沉
本意是把它撂在滩涂
以乱的形象兀立，上面
只容停一只中途劳顿的黑鹳
而它又被泪点溅入洪流了
阻挡着命运的水流，回环着
涟漪、波纹、锥形沙漏
漩涡以巨蟒的吞吐，为
水流必经之处，摊造良田

它不会松散为泥沙，它有石英的性格

它以存在而无声，以无声而发声

跃上云端的喷沫，滋润它

为它披上华彩、黑袍

而时间的鬼斧，正如米开朗基罗

匠心独运，敲打出狰狞的触须

死的水母、吸盘，把观赏者的目光

打通为一道永不关闭的血流

皮筏子已过，竹排已过，游艇已转换为

冰排，如排箫，如雄鹰展开翅羽后

根根排列有序的扇面，呼风喝雨

放浪声骤然哑默，手指指向前方

那若隐若现的尖顶，那是它的头部

直立的那一根尖刺，它逆向

为一种无忧无虑的轻快中打一个小结

船上如我，无法消受顽石如无法消受

因心痛而皱眉，因情绪的折扣而沮丧

我企图以它置换我日见衰减的心脏

让它和体内的积石来一次火花飞溅

我将带上我的顽石心脏，跃上浮冰

迎接千年不遇的一次开河游戏

2019 年 7 月 11 日写于天通苑

真鸟

真鸟在我手心啄食的时候

假鸟在屋檐边镀金

真鸟是黑色的

小小的灰暗阴影

真鸟不安地看着我的眼睛

假鸟是纯白色的

没有一丝阴影

假鸟用敛翅对应真鸟振翅

假鸟不看我的眼睛

假鸟眼睛向上

真鸟被歹人拐跑的时候

假鸟在月光下镀银

在我不安的梦中

真鸟被换成下酒的钞票

假鸟守着我做梦

假鸟固定在一个位置
它不会为了我去填充真鸟的位置
早晨开始伸展懒腰的时候
假鸟开始沐浴
而真鸟固执地要把我叫醒
尽管此时根本看不到它的身影

2020 年 5 月 17 日

111

对夜行者的一些忠告

要有光

五颜六色的触须

锐角

坚硬的玻璃

金属碰撞声

要有光的坚定性

方向感

速度

要用天光矫正地光

银河流淌

要在心底吹响号角

成为行走的火团

行走的钟磬

要敢于发声

大声说话

唱起想念亲人的歌

要在黑暗中规划自己的轮廓

不要溶于黑暗

要有作用力

作用于反作用力

要有物理，化学，生物和历史

要有桥梁

一旦溶于黑暗

你就完蛋了

你就是尘土

就是尘土的帮凶

要拒绝鬼魅的诱惑

拒绝以血解渴的诱惑

拒绝甜蜜蜜的牵引

走你自己的路

只有惊雷震撼

噪声就会失聪

要用肩膀担起黑暗

要健步如飞

穿过给黑暗布置好的坟场

要有光

便有光

便有属于自己的光

2020 年 8 月 10 日

等待的风险

如果你硬要等第二只靴子落地

却不知道

其实那只靴子早就丢了

2020 年 8 月 23 日

梦游者之歌

梦游者在大白天做梦

他在梦里梦见自己醒着

梦游者用四肢指挥神经

而神经却在梦中一动不动

真正的黄粱饭梦醒后就不见了

不做梦的黄粱饭在梦游者手中飘香

不要问为什么

就像不要问

为什么那颗大冰雹

砸坏的不是我的

而是你的脑袋

你还没有找到答案

冰雹就化了

梦游者的每一个动作都熟练自如

唯独表情如木偶

一种自始至终的游戏程式

无法叫醒一个梦游者

我只能任由他重复某些动作

不知在梦里还是在梦外

也不知梦游者是我还是他们

甚至不知道

世界上有没有梦游者这种生物

2020 年 8 月 29 日

镜中

水银剥落如映像剥落

抽干记忆之水

没有飞鸟特意来解渴

只有梦，像醉者，荡漾

熏风托着荒草

不知目标

它盯着你的眸子

你盯着它的眸子

像时间和空间在较劲

没有浮尘可以阻挡光的进入

没有泪水可以掩盖泪水

没有拳头可以

阻止记忆

尽管，喉管可以被割断

不清晰
就是极度清晰
并非刻意的题字
已经漫漶

眩晕，胶片在急速进退
就那么，端详着
像博物馆的展品
哑口无言

2021 年 4 月 12 日写于呼和浩特

分心术

移出他
胸腔就太空洞了
存放他
胸腔又太过憋屈
似乎应该一分为二
出走的
随天下苍生四处流浪
留置的
念大地无语静听钟声

心脏无法品尝心脏
不时上演揪心之痛

2022 月 1 月 4 日晚至 1 月 5 日

白马非马

白马非马

他我非我

赤身裸体的我

铠甲文身的我

哪一个是判决者

哪一个该接受审判

时间当得起法官吗

他毕业于哪个法律学校

他通过司法考试了吗

他懂法吗

他有资质吗

我非他我

马非白马

杂草丛生的我

脑满肠肥的我

该接受逻辑的审判

还是事实的审判

事实在哪里躲着

他受孕了吗

他的基因序列改正过了吗

他会说人话吗

白马是白马

我是我

被悬置于怪异的空殿内

等待最后审判的到来

2022 月 1 月 4 日至 1 月 5 日

关于卡夫卡小说《诉讼》的讨论

一天早晨

约瑟夫·K

在自己的房间被捕了……

请思考以下问题：

约瑟夫犯了什么罪？

他是不是遭人诬告？

为什么他的家会成为牢房？

世界上还有在自己家遭到囚禁的囚徒吗？

诉讼（或审判）为什么遥遥无期？

约瑟夫抗辩有用吗？

约瑟夫是好人还是坏人？

审判他的人知道他是什么人吗？

审判他的人是好人还是坏人？

他们知道自己听令于谁吗？

他们见过法律没有？

他们推诿是出于骗人的本能

还是由于忠于职守？

延伸思考：

卡夫卡是不是在梦中写作？

他的梦境是不是审判场地的原型？

书里哪些是梦境哪些是写实？

现实主义和现代主义的区分何在？

文学作品究竟是高于生活还是低于生活？

你是否想过自己会不会处于约瑟夫的境地？

你觉得你的有生之年会是什么结局？

你担心约瑟夫式的结局吗？

你出汗了吗？

你冷吗？

2022 年 9 月 17 日

墙

为了固定我
他们在我体内砌了一堵墙
具体是谁砌的
不可确数
父母有份
教我唱歌的小学老师有份
空气也是帮手
乌鸦学燕子搬来泥浆

墙体的基础是土
而后逐年加固
茅厕的石头也被搬来
细看原来是祖先的墓碑
这也是我经常反胃的原因
后来由水泥被覆
表面刷上朱红油漆

上面画上闪闪发光的脸

骷髅、八叉、剧毒标志

"危险！请勿靠近！"

污垢愈积愈厚

坚硬如钟乳石

苔藓、蛛网

面目无人知晓

乌龟背着神秘的壳行走千年

牛背着轭

耕种从西汉继承来的田地

马戏团的猴子

伤疤长出花的模样

我却无法让体内的墙

出来晒晒太阳

它在膨胀

积压我的空间

把我当作它化石般的存在

在睡梦中

我的头会被墙撞疼

第一层梦醒后发现

四周都是白色的墙

我被置于手术台上

医生满头大汗

将又一堵墙

植入我的心脏

2022 年 10 月 1 日

星的诀别

——悼念敬爱的韩公陶老师

2017年3月13日，敬爱的韩公陶老师仙逝于北京，享年90岁。后事严格按她生前亲笔写就的遗嘱实施："我去后，请不要通知亲友，不要他们悲痛；也不要举行告别遗体等各项仪式；不要给组织找麻烦，一切从简；不留骨灰，让我安静地悄悄离去。"

是你向这个世界告别

因此

你不让我们向你道别

你尝够了人间痛楚

因此

你不让我们因你而伤心

从地球一转身 就是星空

因此

你说 不留骨灰

喧嚣声 吵闹声都会沉寂

因此

你选择安静地悄悄离去

我不会和你告别

因为

悲伤和美好从不分离

我会俯伏于收纳了你骨殖的尘土

那里会开出铁花

像你一样刚强

今天 我绝不会悲痛

因为

你已经替我们悲痛过了

你一定会安静地悄悄回来

因为

我那流浪的心总是有找不到方向的时候

2017 年 3 月 6 日

泥牛入海无消息

过去的如果真的已经过去

说明它就从没有来过

日历不能用时序编排

夏天在哭喊

请允许我下雪

梦中的父亲笑吟吟地看着我

忙着向每一个过路人介绍

这是我的儿子

越来越像我了

醒来的我惦记着一朵花

是否有蜜蜂来帮助授粉

缺水的葡萄终于枯萎了

水都泛滥于他处

怒火终于在海底爆发了

二十千米高度的灯

也照不进人们心底的黑洞

震动只造成耳聋

沉默于不忍闭上的眼瞳

我把耳朵贴紧自己的胸腔

听心脏还在艰难地跳动

它想停下来休息，它太累了

汹涌的血流不签发通行证

死亡发生后

死亡在快速生长

如核聚变

死亡通知书铁青着脸

像遮羞布一样不肯掀开一角

热泪滚落在从南极运来的冰上

星星点点的火花

一闪即逝

升起的热气泡

像油锅上的鱼嘴

在无妄地开合

回到元宇宙

请回仓颉再造一批文字

以代替呐喊

再造一批电报密码

以便于心的交流

2022 年 2 月 5 日

铃铛博物馆

所有夜路都被太阳照亮了
路不必由铃铛提醒
只有祖父们，才需要由祭品供养

他一遍又一遍擦亮那些喉咙
一句又一句教他们说话
他把自己当作走夜路的骡马
踏出进行曲和鼓点
人会失聪，铃子却不会耳聋

他把自己也当作一串铃铛排入阵营
清晨之声，脱掉夜半的皮袍
但他害怕一齐轰鸣的那一天
那需要多少黑暗的幕布
才能衬托起那些走向纯净的黄铜

2021 年 4 月 12 日

探头探脑的月亮

像一个做错事的孩子
洗净了面庞，用贪玩的海水
带着蓝意、故意羞涩的红
用母亲的抹脸油将脸面胡乱抹过
——留下了一些暗影

近黑的天空已不再有想象中的蓝
也没有必要蓝，楼堂犄角
直角、锐角为它指引
穿过，先下降，然后再升起

见见那些想见得人
那些邀你饮酒的人
不要听他的胡言乱语
只看他的醉态
不要让他醒来

这就静着，像什么也没有开始时

那样安静，照着一栏秋天的草籽

起飞了，在眼角的余光中，在水泥缝中

安下身来，没有笑容，也没有愁容

不热，也不冷

2017 年 11 月 4 日

第四辑

平居

爱的絮语

之一

爱是什么
这不是我思考的问题
重要的是去爱
爱不需要思考

荒原上一只刚刚生产的母兽细心地舔她的幼兽
一丝微风细心地梳理一片草叶
一滴露珠细心地滋润刚刚出生的萌芽
一只松鼠在早晨细心地对着太阳梳妆
我不知道这是不是爱
我只知道它们都没有去思考

如果你开始思考爱
并且讨论爱

爱就会像明净的天空一样被阴霾遮蔽

就像一粒正在成长的谷子被杂草排挤

像一滴陈酒被许许多多的化学药水勾兑

之二

我怀恨在心

我把火焰揉进双眼

用双手紧攥心脏

不让它跳出胸腔

我记着那些野兽

记着邪恶的涎水

记着扭曲的脸

我把我的脑际凝固为石头

用牙齿在上面

雕下事实

为未来考古

留下风化的枯骨

仅仅因为爱

之三

需要爱

还是需要被爱

并没有两难

也许

需要爱

比需要被爱

就多那么一点点

之四

思绪往往夭折于某个词汇

如流星一样划过天边

把那么多寻找的眼睛

和脚印

毫无规律地撒落大地

恸哭也因岁月的切割变得

断断续续

我长久地驻足于这个空间

伫立于流星掠过的天际与

寻找它的焦灼的目光之间

企图把自己变成一阵能够有回声的

呼喊

如同碰壁

声音的刀子划过我的肌肤

让我裸露那些痛苦

就像那些在痛苦中活着的

认识和不认识的人们

之五

为爱而寻寻觅觅

不如向路边一株小草问好

问问它是不是感到孤单

正襟危坐书写爱

不如对纸张的前身

说一声，大树你好

站在高台宣谕着爱

不如听台下那声嘤嘤哭泣

那是个小小的孩子

昨夜他不小心弄丢了一截蜡笔

停下

正在寻觅的脚步

正在书写的华章

正在宣谕的内容

问一声

路边焦急地张望的人

需要帮助点什么

这并不关乎爱与不爱

之六

那一天，雪花悄悄落下
天气渐渐冷了起来
昨天那些碧绿的叶子
在我心中慢慢融化
用它无言的舞蹈
安慰我即将冬眠的心

母亲也是这样默默牵挂
无声地编织细细的语丝
大地因沉默而庄严
时间因凝固而流淌
留恋与告别手挽着手
走上由寒冷覆盖的温暖山岗

爱，有时就在风雪之外

之七

因为爱

我愤怒

正像天空在晴朗之前

那一场积蓄已久的暴雨

我的愤怒更在于

这愤怒我自己无法排遣

正像我无法将脚下的阴影抹去

——在纯粹的阳光

和纯粹的黑暗中

当然没有阴影和愤怒

但也无法呈现我自己

因为愤怒

我泪流满面

顿足捶胸

像狂风中无家可归的云

因为疯狂

我不愿认自己的家门

和同类

因为，将爱逼进疯狂的角落

的同类

还是同类吗

仅仅有我在夹缝中残存的

那一丝丝恻隐之心

还远远不是爱哪

之八

谁在宣布

谁在表白

谁在接受

谁在庆祝

葡萄酒在唇间传来传去

浓浓的爱

醉倒了一片桌椅

音响也醉了

在高八度和低八度之间跳跃

舞蹈

比踩着云朵更加玄妙

此时，是谁悄悄地走开了

在林间小道上徜徉

因为它不愿被宣布、表白和庆祝

也无法被宣布、表白和庆祝

之九

一场酥雨过后

花海醒了

这些潜伏的生命

亮出自己全部的喜悦

那么长的日子

是我的梦庇护着花海

还是花海庇护着我的梦呢

之十

我没有给父母竖立石质的墓碑

我把父母的名字

写在书页中

刻在脑海里

我不能把父母的名字刻在石碑上

我怀疑一方石碑何以承载

他们承载过好多重量的名字

况且，他们名字的符号

能不能代表父母我很怀疑

我怀疑一方石碑承载风雨的能力

它没有父母的承载能力

我怕那些风

那些游移的目光

那些无由的猜想

会亵渎他们的名字

那个还不足以代表父母的名字

我担心

有那么一刻

竖立的石碑会被推倒

任肮脏的脚将它踩来踩去

将父母的纪念碑刻在我心中

最为保险

所以我吝啬地没有给父母

刻一方石碑

——这不关爱与不爱

2014 年 5 月 11 日

一滴溪水在想象海洋

清冽的溪水是酷暑中唯一的清凉
看着我的眼睛渐渐沉没又缓慢浮动
吻是渴望的结果，玻璃被打碎
无数的眼睛如纷纷飘落的柳叶
像小舟，载着流水，淤塞于不远处的沙丘

流入地下，转入唐朝，白居易的诗中
火热的喉咙，唱不出那首喑哑的歌曲
只有水在流动，没有停下它匆匆的脚步

海是什么，是不是无数水的乘积
就像加厚的空气，愈往远颜色愈蓝
我小小的脚印，踏不满远天远路
像水分子，保持着圆润的整体形状

春天飞回的燕子带着潮湿的气味
那是怀着海水一样欢快的心情
如果我被燕子驮起，像他翅膀上
那一粒水珠
沐浴，该是一回大海潮汐

老师说，水不会消失，哪怕只有一滴
它被季风带上了高空
我问老师，我是不是也会被风带上
高空，然后像雨点一样，畅快地
滴落

我将溪水深深吸入自己的胸膛
像雨后阳光映照的彩虹
我将溪水洒满我的面庞
打碎的镜子像酒徒一样眩晕

我想象着自己在浪尖上翻滚的样子
仿佛暴雨前夕乌云中的燕子

我将彩虹般的渴望嵌入我的一生
不妨先渗入湮没无闻沙滩

2014 年 7 月 25 日写于呼和浩特

不算收成

场院已经清扫干净，

秸秆上落满惊慌的麻雀。

最后告别的田野似乎已卷席而去。

疲惫像一个总在悬浮的梦，

终于踏实了下来。

我端详着那穗作为种子的谷穗：

"就这些了？"

"就这些！"

在这样的遭际之中，

如果加上额外之想，

也不会指望收获大于付出。

还有那么多来不及展示容貌的花蕾，

一定会在北风呼呼的寒夜等待开放。

2015 年 1 月 27 日

哈哈笑

是在笑我的空虚

还是在笑我的单薄

总而言之，我就那样无声地笑了

在我的笑声前面

空气形成洞

我的空虚和单薄

如洞构机，在完整地掘进

让我轻飘飘的身体

成为动车组

在笑声中升腾

我没有什么好笑的

只是我笑着笑着便忍不住

笑下去了

笑是结果，也是原因

因为产生了结果

便不会回到原因

那个耸着肩像抽搐的男人
是那个笑的承载物吗

2017 年 6 月 8 日

飞行于欧亚之间

在飞机落地的那一瞬间

我沉沉入睡，仿佛来自亿万光年前的天体

时间无法用时间计算

所有飞行器都在运行

包括流星、行走的狗、转动的眼睛

所有的飞行，都越过我的睡眠

起落架挨了油烫一样咔嚓落下

摩擦与拥抱是同义语

在我温暖的睡眠中

他们因紧紧拥抱而泛起烟尘

舷窗记录下倾斜的屋宇

不好意思在一首交响曲中

传唱的河流

车尔尼雪夫斯基和曼德尔斯塔姆的流放地

舷窗被不明来历的云朵擦亮

一地和另一地之间

被我的睡眠充溢

鼾声溢出了笑声

在我睡眠之时，谁都没有休息

包括骗子、盗贼和阴谋家

阳光当然也不会休息

只不过被我的瞌睡虫感染

化作一只碟子上的糖饴

在变软、变黄

变幻着有时温暖有时暧昧的柔光

2017 年 6 月 22 日

端居

我的奋斗
六十年奋斗
为活成一个人

人活下来了
年齿也远去了
余下的奋斗
为完成一个诗人

一天早上，我发现我丢掉了诗
入睡后，我发现连人也丢了
我看到我像秋天的稻草十字架
风吹起新挂上的名牌衣服
惊飞的麻雀落在头颅
在风中同我一同摇晃

2018 年 7 月 29 日

明家庄，午后，也是雨后

下雨的结果是将脏石头洗干净了
将干净衣服洗脏了

下雨的结果是把闲人和忙人
吆喝在了一起
一些五十年前的孩子
带着永远也练不好的嗓子
——好嗓子也在开始变坏

下雨的结果是一只红嘴山鸦
飞进了闲人的镜头
而忙人正费劲地调试丝弦和歌喉

那跳跳蹦蹦的山鸦只是个出生不久的孩子
不时变换着贪吃鬼与淘气鬼的角色

那些丝弦和歌喉已经分别了五十年之久
就像纸张发脆的算术课本和语文课本
不知该从几年级开始

雨水洗净门前的柳树，因拔高而
枝丫四出，颜色比栽下时深了许多
每一天早上，柳丝缠绕着炊烟
母亲看着他们，笑着转身了

雨是好雨，歌也不坏
人处于不好不坏之间
那位五十年前的漂亮嫂子
在儿子的笛音中
努力辨认那些叽叽喳喳的孩子

母子俩一时忘记了
家门的钥匙
究竟在谁的口袋中

2019 年 8 月 26 日写于明家庄

我与故乡

在我远离故乡的时候
故乡总在眼前
当我回到故乡的时候
它却像旧窗户纸一样飘忽不定

在我种下那么多豆子的地里
不需要我再种下一粒豆子
甚至可以拔掉一株新长出的豆芽

在我远离故乡的时候
亲人们面容清晰
当我住在故乡的时候
我和他们却隔着一层黄土
只不过，与死去的隔得厚些
与在世的隔得薄些

我无法在风波上扬起一个打谷场

将谷子和谷糠分离

我看到谷子顺着我的目光愈滚愈远

像一个永远没有结果的游戏

曾经很近很近的老屋

住在其间却觉得远了、生了

就像我与久久看不断的月亮之间

隔着月光织成的时间

不敢相认

我躬身进入家门

在家门关上的那一刻

故乡被甩在了门的背面

2019 年 10 月 1 日写于明家庄

留着自己干什么

一个孤老婆子的儿子儿媳死了
那么，留着自己干什么
留着带孙子
眼泪当然也留着
但不能流出来
带泪的瞳仁映不出惊慌的脸

一个孤老婆子的丈夫死了
留着自己干什么
留着盖房子
眼泪当然也留着
一定要流出来
流入砌墙的泥土中

孙子们都长大了
留着孤老婆子干什么

留着栽树、种田

泪水依旧留着

浇绿那一片叶子

房子盖好了，孙子长大了，树也高了

那留着自己干什么

留着给人讲故事

树叶掉在风中，随风飘

没有树叶的风

不算是有情有义的风

就像没有疼痛的故事

2020 年 5 月 17 日写于天通苑

比较劣势

他的目光是清澈的
我的则浑浊

他的味觉敏锐
能分辨出金银花和狼毒花的区别
我久居茅厕而不知其臭

他憧憬未来
我沉迷于往事

他义无反顾
我缩头缩尾

他呼喊呐喊
我噤声

他展示虎皮豹纹

我挂免战旗

2020 年 8 月 18 日写于堂郡

关于母亲的一些碎片

因为见过太多的死亡
所以母亲总把死亡当着存在的事物
我就常见她数落总也喂不饱的猪那样
数落那些死亡，不是整体
而是死亡的某一个片段
就像她数落她散淡的父亲
和咬着牙为她缠脚的母亲

只有将一只受精的鸡蛋朝向
太阳看时，她才有一种向往
从我的目光中传达到我的心灵
如同燕子划过那一条雨线

任何儿子心目中都没有一个完整的母亲
就像一个出走多年的游子
没有一条完整的返乡之路

一个碎片，又一个碎片
就像母亲为我补衲的那件
老也不会扔掉的衣裳
就像褪色的旧年画上
裱糊上新的年画

当母亲口中那些死的碎片
清晰起来，是母亲自己完整的死亡
——她由此丧失了数落的资格
由我来拼接一个完整的，活着的她
这和写一部地球信史一样
几乎是不可能的

只有死亡是一个完整的故事
而一切追忆，诅咒，数落，怀想
都只是一株大树上
偶然失落的叶子

如今，她更加紧密地同土地凝聚成一体
我也一步步缩短走向她的距离

就是说，我今后要走的路是
一点一滴地告别碎片化的一生
而把完整性献给无处不在的死亡

2020 年 8 月 28 日

乡野风物（组诗）

一株杏树和一个老人

即使把屋里屋外都夷为平地
杏树还在
住在屋里的老人还在
他们互相欣赏
杏树欣赏老人为自己浇水
像赞美孙小子一样赞美它的胳膊
老人赞美杏树带来春天
赞美那红里透白的杏子
赞美那酸里带甜的香味

先是那老人走了
被岁月带进了山河
走前他带着杏子的味道
留下汗水

顺杏树的纹理流淌为回路

老人走还是没有走

杏树无法决定

他知道，屋子里灯亮着

老人就在，这事实不容怀疑

上路的老人背不动杏树

只能把杏树记在心头

他们互相保佑

老人的居室可以被拆毁

杏树也不会免于刀斧

但那相互萦绕的气味

相互依存、欣赏的姿态

永远不会倒下来

你看那在春寒中残存的杏花

正愤怒地开出双倍大的花朵

结出更大的果实

像老人在怒目圆睁

2020 年 8 月 30 日

西府海棠

西府海棠栽在最早见太阳的地方

无用的果实

像我费劲的心思

忍受捶打

让果实化为尘埃

就像我那些想法归属

光秃秃地裸露

是为等待明年那一树繁花

2020 年 8 月 30 日

月季花语

种下第一株月季
急急问她什么时候开花
她笑答，问花时逢花正开

四五月开，六七月开
八九月开，十月开后十一月开
谁不让开？偏要开
身子掀翻了，根子朝上
一头偏向地底开
无花季节
一座花园在心里开
不败才是花的世界

展臂拨开十二月的风
最后的月季花正浓
多像一个懂花的人

她会正色，她会正言

偏要开

到处开

2020 年 8 月 31 日

错过

错过西梅的盛果期

耽误了自己的青春

就像忽略了少年

注定要哀叹老年

错过了西梅的好时光

给自己留下无限悔意

就像忽略了先生翩翩少年时

后来会在镜子中恨自己那半截稻草人模样

我在补课

大声朗读关于西梅的前世今生

它的故乡法国西部

走出故乡后便四海为家

含有丰富的营养成分

包括纤维素，维生素 A，矿物质

微量元素等等等等

补铁、锌、钾

健康水果，老少咸宜

就像朗读一首健康的诗

越读越觉得

与其因为奔忙而错过了西梅

还不如在树荫下等它慢慢成熟

2020 年 8 月 31 日至 9 月 1 日

不挂灯笼

千里相思只要有一轮明月也就够了

给我的劳动以奖赏有三只悬而未决的柿子也就够了

挂绿灯笼，挂红灯笼

在野老逃避喧闹的地方

我不需要三只柿子做幌子

幌子都挂在了机构门前

月亮下

柿子树和我

互为幌子

我们的易经是

一生三

三生九

九九八十一

以至于无穷

2020 年 9 月 2 日

玉簪花也有点小脾气

玉簪花开在除去杂草之后

单薄是单薄了些，却也招展

不要害羞，该羞愧的是我

我不该把你挤在芍药和玫瑰中间

又让咋呼着生长的西梅占了一半阳光

杂草除尽之后，玉簪花便开了

我听见一个怀揣小脾气

的姑娘对着风说话

她说她不会埋怨我的安排

就像我不会埋怨自然的手

它总不能让我家院子的芍药

玫瑰、西梅、玉簪花同时享受阳光

当他们的根系固定下来后

也就取消了当初的公平

而把争取阳光的整个生长时间

留给各式各样的叶子和枝干

其中当然要去掉我偷懒的一段

2020 年 8 月 29 日

漂流瓶

接到的漂流瓶
抛射者，莫名
也无法打开
就像遥望胡夫金字塔
遥望千年万年的时间
以及尘沙淹没的路径

金属在脑中编织蛛网
烙去皮肤的手指
无法拆开这线团

一个警示
就这样晾晒在茫茫海滩

我的心中
没有普照的太阳

也没有启动那瓶子的风

那么多封口的瓶子在
漫无目的地漂流
静静地颤动
试探着，等待

我也像 UFO 那样
抛出讯息
盼望着被打开

我密封其间的只是简单的一句
你好吗

2021 年 4 月 12 日写于呼和浩特读策兰的间隙

读周涛《西行记》

喊出来了，绝望还在
尾巴斩断了，疼痛还在
抽刀断水
清流、浊流、泥沙
还在
喧闹声、哭泣的鹅卵石
——还在

被鬼火追着落荒而逃的人
找不到诉说的言语
当我们丢弃了破布一样的言语
声带也随之断裂
远影召唤着远行之地

何时才能有疾速转身的机锋
逼视深渊，久久地

像捕获自己的眩晕一样

在黑暗中，磷火勾勒出身体轮廓

真相总是处于停摆与闪现的间隙

一旦成为发光体

趔趄着行走的一定是

那蟹壳一样巨大的阴影

2021 年 7 月 3 日

白房子

看见一栋白房子向我走来
遥远的
像一个想做未曾做出的梦
像童年的某一个段落

杨柳树邀请有数的
鸟儿叽叽喳喳
母亲进进出出
在我们为她烧入冥间的
楼宇之间
小心地挪动小脚

水晶的空间
——不
是水做的空间
了无一物的空间

我和母亲之间隔着
生和死，隔着梦
隔着窗户纸捅不破的
遥远

白房子被母亲的谣曲
荡漾起来了，房檐下
鸽子纷飞音符

白房子在移动
我也在移动
只能相望、相忘、相想
而无法真的相遇

2021 年 6 月 2 日写于呼和浩特

平居

我想修建一处镶满门窗的房子
窗花是阳光捎来的柳叶和喜鹊的影子
屋梁还散发着老榆引领新榆的气息
去年的燕子做了爸爸妈妈

我想让我的房子通体透明
站在门槛上能望断埋葬祖先的坟茔
母亲的轻声细语总是可以驱走蚊蝇
一年四季，每季都有属于自己的颜色

小些，低些，我胆小的躯体可以有依靠
更可以让我纷飞的头脑不至于如
气球失去了牵绳
乡邻和亲戚满屋时，更显得热烈
神仙鬼怪的故事引来月亮偷窥

房子是现成的，立在皱褶深处

像一个丧家的走狗，卧在空无一人的门口

它嗅到了我的气味了吗

那披着风、沐着雨、散着头发

凌乱着脚印试图找回老家的孩子

2021 年 6 月 2 日写于呼和浩特

雨后即景

雷雨过后，一对麻雀
掠过雨水浇灌的秧苗之间
丰厚的食物是雨水的杰作

目送这一切
我用视线将雨水和
麻雀飞翔的线路串起
如同，阳光躲开云层

优雅的麻雀
甩出多余的逗点
雨意言犹未尽

此刻，我很想这样叙事
——在我的视野中
有一对麻雀在飞翔

其实，我更在乎的是
被雷电钉死的
我这个庞然大物
在不在麻雀的一瞥之中

　　　　　　　　　2021 年 7 月 7 日写于呼和浩特

186

我在?

清晨的鸟儿叫了
鸟在
深夜的狗儿吠了
狗在

在清晨和深夜的路上
草打着口哨,惹得花笑
果实失落,打在
露水、光点这些圆形物体的头上
他们或静哑,或喧闹
他们都在

独独将我排除在外

落在时光隧道中
从头开始赶路

我和笛卡尔都说
我思故我在

然而我们都错了
我看不到我的存在
我只是看着，努力记住
为思考准备脂肪

偶尔抬眼
见月亮翻展云层
来不及清点星星

2021 年 7 月 7 日写于呼和浩特

招呼麻雀

新家安顿好了

环保的家具

环保的我们

有着环保般的笑脸

像急于露脸的晨光

蓝玻璃上闪着橘红色

麻雀执着地练习单词

我们的心情也并不复杂

你好，麻雀

小侄儿，小侄女

窗户已经打开

风能进，你就能进

你的翅膀里就带着风

那麻雀，仅仅瞥了一眼

便飞走了

近在咫尺的我们

被拒绝于千里之外

2021 年 9 月 15 日写于呼和浩特

黄瓜叶上的麻雀

一只雌性麻雀倒吊在

被雨水打蔫翻转的黄瓜叶上

啄食叶片上的蚜虫

一边啄食

一边虔敬地向食物点头

偶然间，它看到雨水中自己的倒影

便俯冲、滑翔

溅起水滴

仅止一滴

落在黄瓜花上

噙在黄瓜叶上那唯一的一滴雨水

也一同滴落

在水中旋起看不见的涟漪

麻雀再次飞起、啄食

黄瓜叶恢复了弹性

在叶子挺起的一瞬间

那麻雀又飞起、落下

啄食并且点头

2021 年 9 月 21 日写于呼和浩特

拾捡碎片

薄瓷碎了一地
还原最初的形状，需要
一而再，再而三地小心翼翼

已经原谅了所有人
就像原谅了我们自己

四季仿佛都已经走过
唯独欠缺了少年

以倒流的河水姿态
清洗一路疤痕

2021 年 12 月 30 日写于呼和浩特

寄出的玫瑰

给时间寄出的玫瑰

带血的刺已被退回

余香混杂于干透的红尘

落在任意一个鸟窝

刺被小心包裹

凝聚为琥珀

艺术就是包扎好的伤疤

这世界

龇牙露齿

清者自清

浊者自浊

能够展览的伤疤就算是好伤疤了

何况是由玫瑰刺伤

2022 年 1 月 5 日

向着失去的山岚

山岚都在记忆中

失去的比得到的

更容易满足

追逐流水的声音

就像白云飘散

白云之外

玉树掩映着琼楼

插满金翅的梦

跨上一只银纹猎豹

飞奔

一遍又一遍

向着失去的山岚

2022 年 1 月 5 日

自噬者

我这就走入人生的中途
不分东西南北的风
一件一件剥去我的衣服
太丑陋了
蜥蜴也不愿与我为伍
我被撂荒在戈壁裸处
束起头发驱散热浪
无处乞食
我的绿眼珠
盯住了自己的血肉
只能自我啃食了
好在獠牙锐利
疼痛是一种大喜悦
我的肉却难于下咽
我尝到了一种谎言的味道
我感受到了陈年皮革的韧度

我必须和茅厕顽石搏斗

疲惫已极

盖过了上路时

像饿狗一样的贪婪

2022 年 1 月 8 日

为佑佑画紫藤而作

我闻到花的香味了
我看到你一笔一画专心的神情了
我感受到了沁人的阴凉了
孩子，目送你们去国千里万里
为的就是
你能安心从一粒细小的花蕊开始
描画出所有的季节

2022 年 1 月 9 日

如果……

如果未来的雕塑家

为我造像

他将从何处开始？

擦净强加在脸上的油彩？

撕去鲜亮的丝绸衣裳？

用尖利的斧斤

削去代代沉积的污垢？

用新材料制成的铆钉

连接朽烂的骨骼？

像复原侏罗纪的恐龙那样

制作成展品？

太难了

需要重新酝酿一粒

受精卵

在临盆的血光中
迎接再一次撕裂天地的哭喊
未来的道路不可预测
必不可少的有乳汁、谷物、脂肪和善良

需要很长的时间

不如现在就将自己拆散
先从用于下跪的膝盖骨开始
填充用来直立的金属配件
再矫正惯于撒谎的嘴唇
辨别真假的耳朵和眼睛也是必须的

不要太着急了

罗马不会一天建成
何况还要参照类人猿的形象

2022 年 3 月 17 日

我在……

我在试着写一曲黎明的挽歌
在犬牙交错的黑暗里
豆粒般的灯光隐蔽在书页之中
词语像千里之外的枪炮声
又像一个垂暮老人在喃喃低语

我又一次伸展受伤的双手
用生锈的手艺描画那一群鸽子
那一年，母亲从自己的口中省下谷粒
召唤它们，在屋檐下
它们引导着初春的细雨渗入心头

让我重新回到外孙女的年龄
满头大汗学着拼接彩色图画
玻璃窗外观看我表演的雀子们
着急得叽叽喳喳，指指点点

衔来一片片叶子

代替我丢失的图片

2022 年 3 月 17 日

读残缺不全的家谱

而那些生活在我们之前的人们

都成了传说，已无法读懂。

————米沃什

先人们，收工了

太阳就要落山

雪团一样的羊羔找到了自己的母亲

树叶也像鸟儿敛翅

周围是和夜色混合的炊烟

简单的铅笔画一再重复

有人在，生活就没有厌烦的那一天

从星星那里借来灯盏

也照不亮这些榆树老根一样的历史

这些猪耳朵菜，这些甜苣和苦苣

它们以嫩叶的韧性

使啃噬它们的牙齿崩落
他们的讲述因而像收不拢的涎水
小半噙在瘪嘴中
大半随风而散

有的留下了名字，有的没有
羊肠小道记不住每一个走过的人
收留一些过时的粗瓷大缸、瓦罐
从残损的碑文中推算年代
不时想同王朝和大事件沾亲带故
他们有权杖炫耀
我们笑谈某一个结巴的祖先

世系越往近越清晰
每一个名字都有喜鹊搬运的痕迹
生存之地却越来越模糊
废弃的土窑像骷髅的眼孔
我不悲哀，因为新栽的柳树已经成荫
过多的活蹦乱跳的鱼儿已经挣出网外
这里小河干涸，外面大河奔流

擦去脚印便于合上书页

《二十四史》不过是二十几家帝王的家史

已经存在过的，将继续存在

用模糊的泪眼抚摸每一处山梁沟壑

重要的事情一定要重复千遍万遍

就像人到老境，总会喃喃自语

2022 年 3 月 18 日

春条：漱句

1

朋友兴安写下春条：漱句
迎接二〇二二年春天
兴安是一条大岭的名字
它用春风和流凌梳理自己
流凌汇入河水，洗涤大马哈鱼
鱼跃起，见一只松鼠正在晨妆
它神情专注，面对天和地的组合

我没有与之相匹配的语言
我的陈词滥调被雪野中的杜鹃花耻笑
我的荒腔走板被开凌的冰块击碎
一种腔调、一样口型
容不下一只春雨中斜飞的燕子
在众声喧哗中滥竽充数

楚辞、唐诗们的琴弦断了多年
我在六十多岁年纪，便成为化石

2

老师的嘴被泥封、被铁烙
鸟兽虫鱼和记载它们的书页一起焚烧
光屁股的孩子兴高采烈地
逃进没有绿色叶子的树林
用单一的猫头鹰叫声练习听力
对着大大的喇叭
一遍又一遍诵读宝典

"当语言区域因碾压而板结
记事和交流最好的办法是结绳
"当一种功能被另一种功能代替
撂荒的耕地上不久就会杂草丛生
"当灶膛里塞进去的是尸骨、鲜花
和本该属于女人和孩子的笑声

烟囱冒出的浓烟会赶走最后一只啼鸟"

我们敲起锣鼓，宣布裹挟了黄尘的语言正确性

像丧礼一样用魂幡营造必然的气氛

举起双手双脚表达存在的严正性

我们的公园糊上了泥巴

我们的名字因为力求一致

而分不清哪一个属于自己

3

所有人都不会说人话的时候

只有一两个像屈原或者杜甫那样的瘦子

不顾牙齿已经被打落满地

就着尚存一息的浅浅水波

一而再，再而三地清洗口腔

而把耳廓用泥巴糊上

不断和他作战的词语前仆后继

打倒、砸烂、火烧、狗头⋯⋯

浊水去后是裸露顽石的河滩

正能量、主旋律、负增长、零距离……

可以无限制地排列、组合下去

成为雷区

从血腥到迷雾

滑稽剧中，陷入语言怪圈的

混沌之辈，顿时失去站立的能力

而被裹挟于排空浊浪上的人们

正在为以为能到达的胜利欢呼

丝毫没有意识到即将撞上"鬼打墙"

4

多么想让我的瘦老师们

重新矫正一下四声八韵

多么想发明一种语言的漱口水

把存留在齿缝中的污垢清理尽净

多么希望当初的外语不是以翻译"万岁"为主

我纯洁的汉语

像春条一样充满希望与活力的汉语

可以给每一种事物和每一个人命名的汉语

它曾将母亲的温暖传递到每一个孩子心中

记录痛楚和温情的词语

也记录着奴役和欺瞒

展示潇洒，表达愤怒

名词、动词、形容词、副词……

像我们身上的亿万细胞

在死去的同时迎接新生

它们每一个笔画

都是开启心灵之锁的钥匙

它们和心的距离是那么近，那么近

它们和粮食、衣服、住房一起

呵护着一个又一个梦乡

5

写字的兴安是位蒙古族兄弟

他的母语诗歌押着首韵

他们那么爱用花草山水为自己命名

他们把雁阵和流凌看作是同一种事物

一些好心肠一再被细细的流水滋润

百灵鸟在水面上看到了自己的身影

言语不多并不等于缺少金句

吐出一个词，意味着掏出肺腑

此时，我提起手中沉重的笔

开始学习重新书写，过程艰难

就像豁齿的人面对一餐恶意的饭菜

时不时需要吐出硌牙的石子和恶心的腐叶虫尸

2022 年 3 月 24 日

现在我站在秋日残存的阳光下

秋天的阳光也有偏安的时刻
留给绿色的时间不多了

此刻，我站在自己的阴影下
几只蜜蜂在残留的花蕊间
悬停，又飞走
又在我耳边稍稍驻足
一个臭皮囊，无蜜，也无香
我不会理它，因为我和它都知道
我不值得它浪费一根毒刺

云稀薄于天空，航班孤单
飞机无声滑过，像没有睡醒
有草籽和虫卵做麻雀的盛宴
它们公开传递讯息
呼唤声像女儿们在剪纸

一只嫩麻雀落单了
跳上我的头顶，张望，呼唤
它似乎把我当成了
砍去葵盘的葵秆

2022 年 10 月 5 日

和解

为了干渴的叶子

我同暴虐的雨和解

为了板结的土壤

我和泛滥的水和解

为了夜半遥远的孤寂

我和喧闹和解

为了将来也许会丰富起来的我

我和贫乏的我和解

这和解，是一种修补、修缮

是焊接、置换

为了曾经稀释的血流

我狂热地爱着一切长满汁液的生物

哪怕它是有毒的蘑菇

我将因修复而伤痕累累

我是病毒携带者
为了子孙的健康
我和药物和解

我是尘封的历史
为了打磨那柄匕首的光华
我和扑面而来的霉味和解

我只能和解
因为乱语和粗口都不是我的擅长
我擅长的是
干渴时为禾苗浇水
应季种下种子或者收获
我还擅长
将疯狗和主人一起关进笼子
让刚会走的孩子大胆地学步

为了让希特勒回归为一次爱欲的冲动

为了那些钉死棺材的钉子

　　回归为原先的矿石纹路

为了鸟儿掠过的影子上也有

　　一片口香糖留下的口齿余香

我想原谅这个世界

并想办法和它和解

为了将哭和大海紧紧相连

为了风，传送叹息、呼唤，展开遮羞布如同旗帜

为了木刻的皱纹和艺术的笑

和将死者忍痛的抽泣

在完成一次艺术的终结

为了那一次一准跌落的飞翔

溺毙的漂流、眩晕的马鞍

为了草与草之间存下的鞋印、屁股印儿

烟蒂的瘢痕

为了用盐水洗净疯狗撕裂的伤口

为了自己不再可以发疯

为了缝合、焊接，经线和纬线

一个宇宙飞船从出发到回归的过程

为了停下来，也就是不要停下来

为了出卖每一个黄昏，换回一个雾气腾腾的早晨

为了早晨飞鸟翅膀上挂着的露水

为了诅咒、诅咒割裂的爱，爱的伤口

因为叛逆而愈合

为了再见到三岔路口告别的手纹

在阳光下透明，如同在 X 光线下的

血脉在流淌

为了我们，永远在走回头路

回了头还要再走，为了我们

用叫历史的高粱酿制的苦酒

喝下去，不皱眉，或者皱眉

为了从不和我和解的世界

让我痛苦的世界、让我呼吸着

感受热胀冷缩

从牛顿第一定律到第三定律

从相对论到量子力学、宇宙黑洞

为了他们的嘲讽、嘲笑

我的浅薄、无能

生也有涯，乘浮于桴上

为了养精蓄锐、饱满精神、精力

重上述手术台，调整自己五脏六腑的布局

我决定，我和这深渊似的世界和解

2019 年 6 月 8 日

面对流水

不只是孔子

我亦面对流水

不止是逝者

来者也纷纭而至

不止是浩荡的、阔大的

我眼前的流水

如小女孩羞涩的泪

该到来的一定要到来

就像

该离开的一定要离开

我和流水一道

反射这天空映照下的万物

譬如，处于下游的羔羊

跳向龙门的锦鲤

站立在尼加拉瓜大瀑布顶端

捕捉鱼儿的熊

譬如，起于蓝色多瑙河的音乐

止于凝固的壶口

面向自己吧

面向血流布局的网

我在 2021 年的中途

竟不知它从哪年而来

向哪年而去

2021 年 6 月 2 日

听雨

终于可以不用汗水浇灌着荒芜的季节了

顺畅如我的好心情

早晨我被那么明亮的鸟鸣叫醒

它一再告诉我，翠绿一定会在天空飞翔

蚂蚁是些搬运工、泄密者

它和我一样，忙碌过后，安顿自己的四肢

亲爱的，在绿叶挂满珍珠之时

你还会无端地发脾气吗

就像你无来由的叹息

此时，忙碌者可以放弃忙碌

思考者可以静静地梳理胡须

一再整理的历史，不时会被干热之风吹乱、打击

像拳击手在胜利和失败的一念之差中扭曲的脸

此时，怅望天空者可以休息一下眼睛

补充水分，在高兴时哭泣

有时候，泪水和汗水也最好去倾听

听它们一步一步走向河流

2017 年 6 月 22 日

生日记

六月是一个圆满的月份

因为，最后一天，汇入了我的啼声

我无法召集这一天出生的人齐聚大海

比试涛声，比试耸起的肩胛骨

当然还有红鬃马、绿鹦鹉，蟑螂和苍蝇

我们这些游走于冰层上的省略号

腐殖于沉船根部的光斑

面对朝阳和夕灯

思考是谁发明了量子纠缠

思考它像无数条灶膛吐出的烟

在冉冉之后养育蔚蓝

在别人眼中，我是不是自己

我和他们中间隔着多少颗星星

聚集起来，我们是一个日子

散开去，我们是收不拢的尘沙
树叶慌不择路，风也无法收留

这一天，我在阅读诗人米沃什的传记
这老家伙，生日也赶在这个圆满的日子
这令我欣喜
他将一个板结的世纪一一摊开
如博物馆，令人眼花缭乱

那好吧，从芜杂到复杂，是他们的世纪
从复杂到简单，该是我们的世纪

2023 年 6 月 30 日